# 사루비아

## 강익중

송송

# 사루비아

ⓒ 강익중 2019

초판 1쇄 발행 2019년 11월 22일

지은이 강익중
펴낸이 김송은
디자인 조경규
펴낸곳 송송책방

등록 2011년 5월 23일 제2017-0002444호
주소 06317 서울시 강남구 언주로 110. 경남2차상가 203호
전화 070) 4204-7572
팩스 02) 6935-1910
전자우편 songsongbooks@gmail.com
ISBN 979-11-964586-8-3 03810

나를 길러준
고향 우암산과
부모님께

# 차례

# 詩

마음을 챙기려고
시를 써본다

잊지 않으려고
시를 써본다

세월에 끄적이려고
시를 써본다

뭐가 뭔지도 모르고
시를 써본다

# 사루비아

사루비아를
맘에 두지 않았지만
벌새가
사루비아를
좋아한다기에
나도
사루비아를
좋아하기로 했다

# 이름은 백자

미술관 한편에
달항아리 놓여 있다
이름은 백자 별명은 순수 당당
맑다고 쉽게 말하려니
그냥 그렇게 살아온 내가 부끄럽다
살며시 보이는 하얀 속살
낮엔 햇살에 가려 사람들이 눈치 못 채지만
온 세상 보물들과 맞서 있다
뉴욕의 밤하늘에 둥그런 달이 뜬다
이제 달항아리 네가 주인이다
넉넉한 흰 치마폭으로 모두를 감싸준다
그래 너희들 오늘 수고했어
우주처럼 넓은 마음
이름은 백자 별명은 순수 당당
바로 우리다

# 모든 것이 변한다

강은 똑같은 강인데
물은 어제의 그 물이 아니고

바다는 똑같은 바다인데
바람은 어제의 그 바람이 아니다

세상은 똑같은 세상인데
인심은 어제의 그 인심이 아니고

사람은 똑같은 사람인데
마음은 어제의 그 마음이 아니다

# 바르다는 것

바르다는 것은
단단하다는 것이다

바르다는 것은
부드럽다는 것이다

바르다는 것은
맑다는 것이다

바르다는 것은
한결같다는 것이다

바르다는 것은
똑바르다는 것이 아니다

# 블루치즈

기숙사에 살 때는
김치 먹기 미안했는데

아파트에 살 때는
청국장 먹기 미안했는데

외국 친구들을 만날 때는
생마늘 먹기 미안했는데

발 꼬랑내 블루치즈를 먹고 보니
그동안 괜히 미안해했네

# 그림을 그린다

잊으려고 그림을 그린다
잊지 않으려고 그림을 그린다

시간을 보내려고 그림을 그린다
시간을 아끼려고 그림을 그린다

날이 좋아서 그림을 그린다
날이 나빠서 그림을 그린다

편지 대신 그림을 그린다
그냥 그림을 그린다

# 삼등

나는
셋 중에
삼등이 좋다
일등도 있고
이등도 있지만
지하철 자리싸움에서
뷔페식당 생선회 앞에서
자꾸 바뀌는 유행에서
말 많은 세상에서
쌓고 채우는 일상에서
빨리 달려야 이기는 경쟁에서
그리고
우리 집에서

# 사랑

내가 달을 사랑한다고
달이 나를 사랑할 필요는 없다

내가 우암산을 사랑한다고
우암산이 나를 사랑할 필요는 없다

내가 커피를 사랑한다고
커피가 나를 사랑할 필요는 없다

내가 너를 사랑한다고
네가 나를 사랑할 필요는 없다

# 나는 누구인가

바로 이 순간
일어나는 이 마음

바로 이 순간
일렁이는 이 생각

바로 이 순간
들숨과 날숨 사이

# i.J. KANG

영어로 나는 Ik-Joong Kang
친구들은 보통 나를 Kang
가끔 헷갈려 Ik-Joon 으로 부르고
카드회사 우편물엔 Ik Kang
어떤 친구는 King Kong 으로 부른다

그래서 커피를 주문할 때 긴장된다
종업원이 내 이름을 종이컵에 적으니까
이름이 복잡하면 일이 커진다
스펠링을 묻고 또 묻는다
뒷사람들이 기다린다

계산대 뒤 종업원이 내 이름을 묻는다
여러 이름이 내 머릿속을 스친다
Ik Kang, Ik-Joong, Kang, King Kong
에라 모르겠다 아무거나
아! 이름 좋네요

이게 웬일인가
나도 모르게 튀어나온 I.J.
종업원에게 칭찬까지 받았다
I.J. Kang
아! 나쁘지 않아
바꿀까?

# 돌솥 대 그냥

돌솥에 따닥 흰밥
산채 나물 고추장
메뉴만 봐도 군침
누가 이걸 이기랴
가격은 17불 95전

아니 잠깐만 스톱
오늘 팽 놀았으니
그냥 비빔밥 가자
나도 염치가 있지
가격은 15불 95전

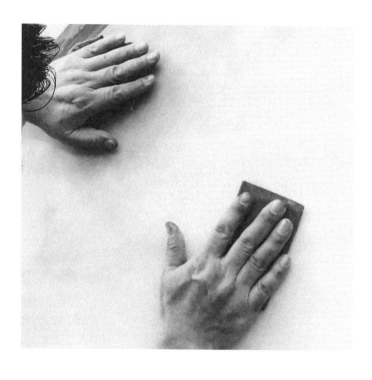

# 이렇게 살고 싶다

화려하지는 않지만
환히 웃는 들꽃처럼

넓지는 않지만
살아 있는 시냇물처럼

높지는 않지만
편안한 산마루처럼

넉넉하지는 않지만
소박한 밥상처럼

크지는 않지만
텅 빈 달항아리처럼

# 달항아리가 사람이라면

달항아리가 사람이라면
순수하고 당당한
가을 하늘 같은 사람일 것 같다

달항아리가 사람이라면
누구라도 품어주는
큰 산 같은 사람일 것 같다

달항아리가 사람이라면
그늘 아래 아이들이 모이는
고향 느티나무 같은 사람일 것 같다

# CERTIFICATE of EXCELLENCE

**Denise Mange Dog Training**
**Congratulates**

**Cassie**

**on Completing her Basic Obedience Course**
**with Outstanding Dedication & Performance**

Signature

# CERTIFICATE of EXCELLENCE

**Denise Mange Dog Training**
**Congratulates**

**Hudson**

**on Completing his Basic Obedience Course**
**with Outstanding Dedication & Performance**

Signature _Dmge_

Date March

# 반칙

안다고 잘난 체하면 반칙
모르는데 아는 체하면 반칙
뒤에서 남의 말하면 반칙
남 도와주고 소문 내면 반칙
지각하고 핑계 대면 반칙
영화 보고 미리 말하면 반칙
없는 사람 무시하면 반칙
다른 것과 틀린 것 헷갈리면 반칙
인스타 얼굴 포토샵 하면 반칙
요건 용서

# 빨리 늙는 법

뉴스를 자주 본다
주로 지나간 얘기만 한다
운동을 싫어한다
나이가 어리다고 무시한다
잘못된 것은 남 탓으로 돌린다
고맙다는 말에 인색하다
잔소리가 많다
지하철 자리에 욕심이 많다
이웃이 땅을 사면 배가 아프다
잘 웃지 않는다

내가 아는
빨리 늙는 법이다

# 다시 어려지는 법

뉴스를 보지 않는다
주로 앞날에 대해 얘기한다
매일 운동을 한다
어리다고 함부로 대하지 않는다
잘된 것은 남의 덕으로 돌린다
고맙습니다가 입에 붙어 있다
잔소리를 안 한다
지하철 자리에 욕심이 없다
사촌이 땅을 사면 기쁘다
자주 웃는다


내가 아는
다시 어려지는 법이다

기쁨 감사

2 cm

# 잘살고 있는 거다

분홍색 노을에 마음이 저리면
잘살고 있는 거다

처음 본 들꽃에 마음이 가면
잘살고 있는 거다

쫓아오는 욕심에 마음이 바쁘면
잘살고 있는 거다

티브이 속 주인공에 마음이 설레면
잘살고 있는 거다

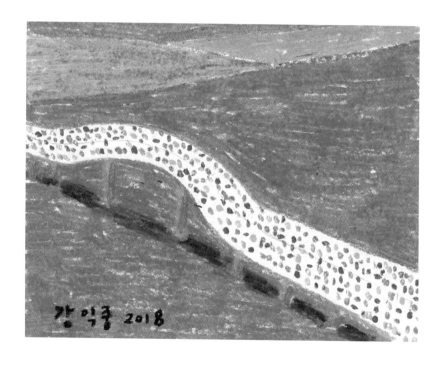

# 남겨 둔다

유리병에
고추장을 담을 때
조금 남겨 둔다
익은 고추장이
넘치지 않게

손톱깎이로
손톱을 자를 때
조금 남겨 둔다
날 끝이 살을
다치지 않게

마당에 익은
매운 고추를 딸 때
조금 남겨 둔다
가을 바람이
휘파람을 불게

# 패자부활전

축구에
패자부활전이
있는 것처럼

인생에도
패자부활전이
있다

좀 서툴러도
실수해도
포기하지 않는다면

# 걱정 없다

비가 오면
우산을 쓰면 되고

짐이 무거우면
내려놓으면 되고

길이 멀면
쉬었다 가면 되고

국물이 싱거우면
소금을 더 넣으면 되고

다 살았으면
준비하고 떠나면 되고

# 인연은 사라지지 않는다

꽃잎처럼 내렸다가
바람처럼 지나가도
인연은 사라지지 않는다

이슬처럼 앉았다가
안개처럼 물러가도
인연은 사라지지 않는다

어둠처럼 찾아왔다
새벽처럼 떠나가도
인연은 사라지지 않는다

# 여름엔

소낙비는 소낙비라서 좋고
뙤약볕은 뙤약볕이라서 좋고
풀벌레는 풀벌레라서 좋고
계곡물은 계곡물이라서 좋고
산들바람은 산들바람이라서 좋고
나뭇잎은 나뭇잎이라서 좋다
그리고 너는 너라서 좋다

# 인생 시험

인생에 시험이 있다면
이따금 서둘러도 합격
이따금 우쭐대도 합격
이따금 기죽어도 합격
이따금 욕심내도 합격
이따금 게을러도 합격

하지만 집착하면 실격
사람이 쩨쩨해도 실격

# 겉과 속

겸손과 비굴
겉은 같으나
속은 다르다

당당과 교만
겉은 같으나
속은 다르다

콩떡과 깨떡
겉은 같으나
속은 다르다

"나는 시 같지 않은 시를 쓰려 한다
그동안 그림 같지 않은 그림을
그렸던 것처럼"

미술가 강익중의 詩와 이미지 비빔밥!

# 덤

이만큼
놀았으면 됐다
이제부턴 덤

과분하게
받았으면 됐다
이제부턴 덤

여태까지
살았으면 됐다
이제부턴 덤

# 속 편하다

하늘에
바라는 게 없어야
속 편하다

세상에
바라는 게 없어야
속 편하다

남에게
바라는 게 없어야
속 편하다

나에게
바라는 게 없어야
속 편하다

# 행복한 날

행복이 넘쳐야
행복한 날이 아니라

아무 일 없는 날이
행복한 날이다

특별하지 않은 날이
행복한 날이다

너무 기쁘지 않은 날이
행복한 날이다

너무 슬프지 않은 날이
행복한 날이다

# 웃음 대 성냄

한 번 웃고
두 번 성을 내면
오늘 진 거다

한 번 성을 내고
두 번 웃으면
오늘 이긴 거다

한 번 웃고
한 번 성을 내면
오늘 무승부

# 나를 보고

바람은 내가 느리다 하고
세월은 내가 빠르다 한다

아래에서는 내가 위에 있다 하고
위에서는 내가 아래에 있다 한다

어제는 내가 내일이라 하고
내일은 내가 어제라고 한다

별은 내가 작다 하고
모래는 내가 크다 한다

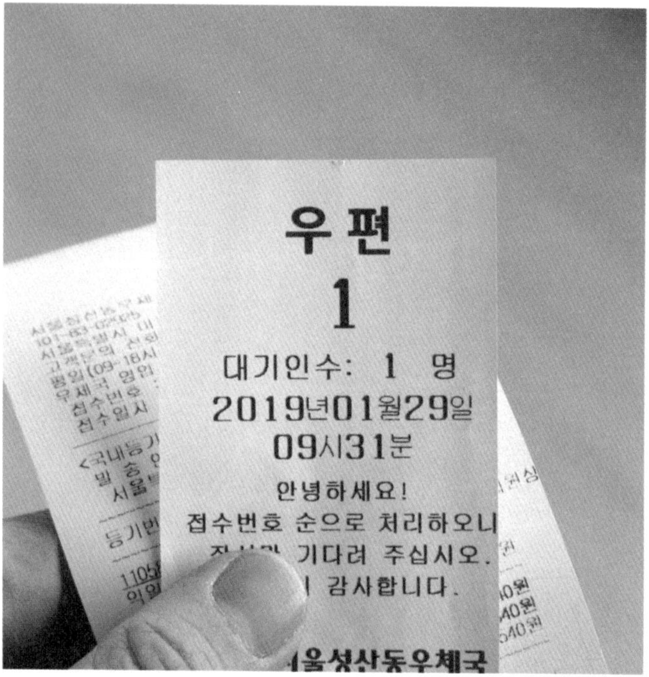
우편
1
대기인수: 1 명
2019년01월29일
09시31분
안녕하세요!
접수번호 순으로 처리하오니
기다려 주십시오.
감사합니다.

# 그런 날이 있다

하늘이 유난히 파란 날이 있다
신호등이 계속 뚫리는 날이 있다
머리를 잘 깎은 날이 있다
길을 걷다 무지개를 본 날이 있다
왠지 설레는 날이 있다
달걀 껍데기가 잘 까지는 날이 있다
꿈을 잘 꾼 날이 있다

그렇지 않은 날도 있다

IK-JONG KAN
2018

# 우리는

섞여져 있다
우리는
바람과 인연으로

이어져 있다
우리는
물과 땅으로

기억되어 있다
우리는
시와 노래와 그림으로

# 순수 당당

가장 예쁜 말
내가 좋아하는 말
자꾸 들어도 기분 좋은 말
마음이 편해지는 말
내가 닮고 싶은 말
하루에 천 번 말해야 하는 말
복을 불러오는 말
맑은 시냇물 같은 말
달항아리 같은 말
가장 큰 말

# 누가 화가이고 누가 시인인가?

어제
그림을 그렸으면
지나간 화가

지금
그림을 그리고 있으면
누구나 화가

어제
시를 썼으면
지나간 시인

지금
시를 쓰고 있으면
누구나 시인

# 신발

누가
뭐래도
내가 좋으면
그만이다

누가
뭐래도
내 맘이 편하면
그만이다

누가
뭐래도
내 발에 맞으면
그만이다

결혼처럼

사랑은 꽃씨처럼 떠돌다 내려 앉는다

# 찰떡궁합

코고는 소리를 못 들으면 찰떡궁합
안 웃겨도 깔깔 웃으면 찰떡궁합
아무거나 잘 먹으면 찰떡궁합
이에 낀 고춧가루가 밉지 않으면 찰떡궁합
싸우고 금세 잊어버리면 찰떡궁합
방귀 냄새를 참을 수 있다면 찰떡궁합
마지막 만두를 서로 양보하면 찰떡궁합
못해도 칭찬하면 찰떡궁합

# 까지만

우리는
볼 수 있는 것 까지만 본다
갈 수 있는 곳 까지만 간다
느낄 수 있는 것 까지만 느낀다
채울 수 있을 때 까지만 채운다
상상할 수 있는 것 까지만 상상한다
찾을 수 있는 것 까지만 찾는다
알 수 있는 것 까지만 안다
믿을 수 있는 것 까지만 믿는다
줄 수 있는 것 까지만 준다
받을 수 있는 것 까지만 받는다
사는 날 까지만 산다

# 우연

우연히
만나고
우연히
헤어지는 줄
알았는데
그게
아니었다

물처럼
바람처럼
끈처럼
우리는
이어져 있다
그렇게
붙어 있었다

# 빨리 천천히

꽃잎이 빨리 폈으면 좋겠다
낙엽이 천천히 지면 좋겠다

여름이 빨리 왔으면 좋겠다
시간이 천천히 가면 좋겠다

국수가 빨리 익으면 좋겠다
배가 천천히 부르면 좋겠다

기호가 빨리 왔으면 좋겠다
기호가 천천히 가면 좋겠다

# 아침

새가 울어서
나는 아침이 좋다

파란 하늘이 보여서
나는 아침이 좋다

할 일이 있어서
나는 아침이 좋다

놀자 보채는 강아지 때문에
나는 아침이 좋다

배가 고파서
나는 아침이 좋다

# 잊지 않게 되기를

아침 안개처럼
사라져도
꽃잎에 내린 이슬방울의
넓은 우주를
잊지 않게 되기를

인생의 열차에서
내려도
차창 밖을 함께 보았던
소중한 인연을
잊지 않게 되기를

# 필요하다

마당의 화초는
물과 햇볕이 필요하고

어린아이들은
노력에 대한 칭찬이 필요하다

고향 떠난 나는
밥과 김치가 필요하다

가끔 칭찬도

# 전통 傳統

전통은
물건들이 아니라
생각의 방법이다

전통은
오래된 글이 아니라
글에 숨은 마음이다

전통은
과거의 흔적이 아니라
미래로 가는 방향이다

# 허투루

작은 소리라고
허투루 듣지 않게

하찮은 것이라고
허투루 보지 않게

빛나지 않는다고
허투루 대하지 않게

보이지 않는 곳이라고
허투루 일하지 않게

# 믿음

누구를 믿는다는 것은
순진해서가 아니라

누구를 믿는다는 것은
용기가 있기 때문이다

누구를 믿는다는 것은
혼자 가려는 것이 아니라

누구를 믿는다는 것은
함께 가려는 것이다

# 흥정

뉴욕에 와서
들은 것 중 한 가지
누구와 흥정을 할 때
액수를 먼저 말하지 말 것
끝까지 참고 기다릴 것

오늘 아침
아내와 내 용돈을 정하는데
액수를 내가 먼저 말했다
참고 기다리지 못했다
게다가 너무 적게 말했다

뉴욕에 와서
배운 것 중 한 가지
뭐든지 들을 땐 쉬워도
막상 하려면 힘들다
친구야 밥값 네가 내라

# 마음이 여린 사람들을 위한 시

좋으면
좋다고 말하고

싫으면
싫다고 말하자

그렇게 말해도
괜찮다

그렇게 살아도
된다

# 청소

결혼 일주년 기념 선물로
청소기를 사 왔다가
아내와 다퉜다
그 후로
집 청소는 내 몫이 되었다
평생 청소를 하겠다는 뜻으로 둘러댔기 때문이다
30년이 지난 이제
청소를 하루라도 못 하면 께름칙하다
마음에 짐이 있는 듯 답답하다
집이 깨끗해야
마음도 깨끗해진다
오늘도
집 안 청소로 산뜻하게 하루를 연다
마음 청소로 가볍게 하루를 시작한다
그때
청소기 참 잘 샀다

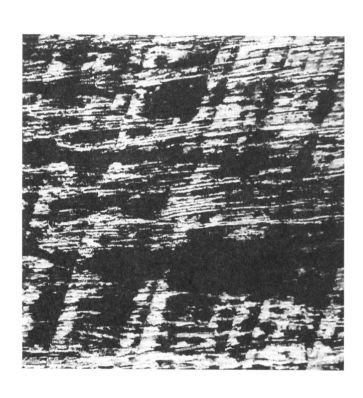

# 불안

일이 늦어져 서두를 때
왠지 불안하다

잘 모르면서 듣고 있을 때
왠지 불안하다

이중주차하고 아내를 기다릴 때
왠지 불안하다

라면 두 개에 밥을 말고 있을 때
좋으면서 불안하다

# 이런 그림이 좋다

얇지 않은 그림이 좋다
볼수록 끌리는 그림이 좋다
좀 어리숙한 그림이 좋다
넉넉한 그림이 좋다
맑은 그림이 좋다
뽐내지 않는 그림이 좋다
어렵지 않은 그림이 좋다
소박한 그림이 좋다
작아도 열린 그림이 좋다

그런 사람처럼

# 생각

생각이
어디서 오나
생각해 보니
생각은
주소가 없어
찾을 수 없구나

생각이
어디로 가나
생각해 보니
생각은
집이 없어
갈 곳이 없구나

생각을
놓으려고
생각해 보니
생각은
잡힌 적 없어
놓을 수 없구나

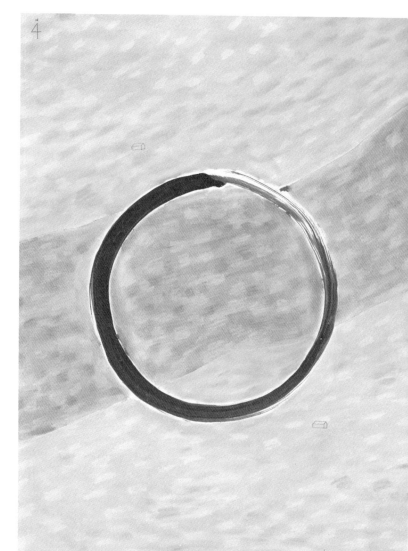

A CIRCLE ( ½ 건너 )                                    IK-JONG KANG  2013

# 돌고

김밥집 선풍기가 돌고
지하철 2호선이 시내를 돌고
모나미 볼펜이 내 손가락 위에서 돌고
탁상 위 시곗바늘이 돌고
수챗구멍 물이 빠지며 돌고
다락방 문틀에 부딪혀 어지러워 돌고
가마 주위로 내 머릿결이 돌고
봄 여름 가을 겨울이 돌고
단풍나무 씨앗이 떨어지며 돌고
동네 아이들 팽이가 돌고
냄비 안 국수가 익으며 돌고
내가 만든 배추겉절이 양념이 겉돌고
새로 산 바지 밑단이 남아돈다

# 우리 동네 커피집

커피값을 10전 올렸더니
손님이 반으로 뚝
그래서 커피값을 도로 10전 내렸다

그런데 줄어든 손님이 그대로
커피값을 다시 10전 올렸더니
아이고 손님이 더 줄었다
주인아저씨 커피값을 다시 10전 내렸다

어제 가보니 다시 올렸다
장사하기 힘들다
아이고, 살기 힘들다

# 혼자

미풍에 수줍어하는 들꽃도
혼자 왔다 혼자 간다

떼를 지어 다니는 철새도
혼자 왔다 혼자 간다

밤하늘을 수놓은 하얀 별도
혼자 왔다 혼자 간다

끝없이 채우고 또 채우려는 나도
혼자 왔다 혼자 간다

모두 두고 간다

# 오지선다형

여러분은
다음 중 몇 번일까요

1) 먼저 가서 기다리는 사람
2) 그 시간에 정확히 가는 사람
3) 상대방을 기다리게 하는 사람
4) 약속을 깜빡하는 사람
5) 약속 자체가 생각 안 나는 사람

원래 나는 1번
요즘 나는 5번

강익중 서울도 기이기

# 끼리끼리

착한 사람은 착한 사람을 만나
착하게 산다

늘 웃는 사람은 늘 웃는 사람을 만나
늘 웃으며 산다

부지런한 사람은 부지런한 사람을 만나
부지런하게 산다

소박한 사람은 소박한 사람을 만나
소박하게 산다

잘 노는 사람은 잘 노는 사람을 만나
잘 놀며 산다

끼리끼리 만난다
끼리끼리 산다

# 시간

어차피
시간은
우리가 정한 약속

한순간과 한평생
무게는 똑같다
크기도 똑같다

한순간을
한평생처럼
의미 있게 살아볼까

한평생을
한순간처럼
단순하게 살아볼까

# 동네 한 바퀴

배가 고픈 날
밥을 많이 먹은 날
걸어서 동네 한 바퀴

사람이 그리운 날
멀리서 친구가 찾아온 날
걸어서 동네 한 바퀴

노을이 예쁜 날
이리저리 바람 부는 날
걸어서 동네 한 바퀴

마음이 울적한 날
오늘같이 기분 좋은 날
걸어서 동네 한 바퀴

무심천 둑길이 생각나는 날
어머니의 굽은 어깨에 눈물 나는 날
천천히 동네 한 바퀴

# 시인과 화가

가능하면
시인은 되지 말라고
시인 한 분이 충고를 했다
시인은 원래
시샘이 많은 사람이라고
그래서 나는
나 같은 화가는 원래
화火가 많은 사람이라고
대답을 했다

# 좁은 문

마가복음에 있다
좁은 문으로 들어가라
얼마나 좁은 문일지 궁금하다
일단 문이니까 사람은 다닐 수 있겠지
설마 작은 구멍은 아니겠지
그래 맞아!
무조건 참고 기다리는 거다
아무리 급해도 줄을 서서 한 사람씩
출퇴근 시간 신도림역에서 지하철을 기다리듯
스타벅스에서 내 차례를 꾹 참고 기다리듯
내가 멈춰야 할 때를 기다리듯
라면 물 끓기를 기다리듯

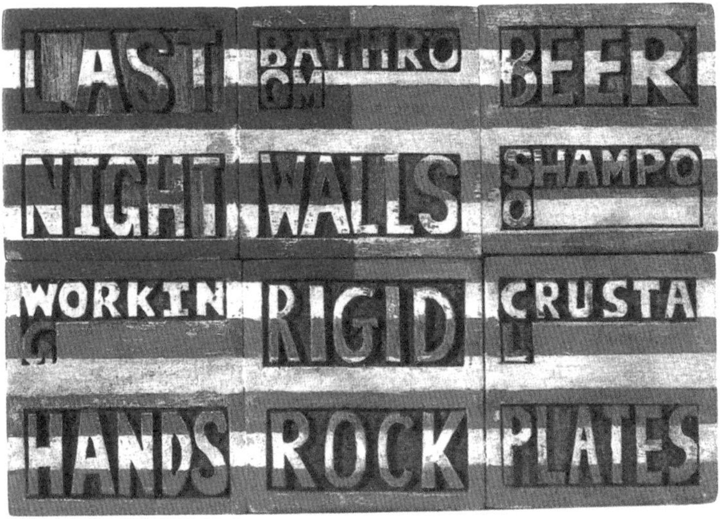
LAST
BATHRO
OM
BEER
NIGHT
WALLS
SHAMPO
O
WORKIN
G
RIGID
CRUSTA
L
HANDS
ROCK
PLATES

# 뉴욕에서 인천까지

뉴욕에서 인천까지
비행기로 14시간 20분
식사 두 번, 간식 한 번
난 마음속으로 이미 정했다
비빔밥 먼저, 다음은 돼지고기 덮밥
간식은 얇은 햄과 치즈가 들어간 샌드위치
배식을 알리는 실내등이 켜지면
난 자다가도 일어난다
식사할 때 등받이는 제자리로
아이고, 돼지고기 덮밥이 더 이상 없다니!
그래! 파스타도 괜찮아
도착 40분 전 기장의 인사 방송 후
도착지 안내 방송이 나가면 인천 하늘이다
비행기로 14시간 20분
지나고 나면 순간이다
인생이다

# 칠성사이다

칠성신을 모시는
세주 무당이
칠성사이다 한 병만을 놓고
굿판을 벌인다
그렇다
내 안에 우주가 있다는 것을 알면
우주 안에 내가 있다는 것을 알면
형식과 절차가 필요 없다
아니
그깟 사이다도 필요 없다
굿판도 필요 없다
다시
나는 우주로 우주는 나로

E xtensive interest, Environmental design, assistant professor, landsc
box construction, vernacular gardens, autobiographical imagery, e
environmental pieces, founding member, former artist-in-residence, relig
hidden places, little consequences, new shoes, ² animal economy, frai
time-consuming labor, existing architecture, literal value,
human abstraction, animal nature, irreconcilable longings, sacrificial

economic imposition, consuming compounds, elaborated worlds, new shoes, chin
great depth, electric mortars, copper scales, human teeth, wiring honey,
different direction, working budget, honeyed superfluity, perpetual mourning,
teeth grinding, ● uncommon sadness, golden fleece, symbol-laden sheep, coor per
imaginal space, historical resonances, previous tableaux, unknown position
debased coinage, contemporary attitudes, allegorical representation,
human economy, basic necessity, inverse relation, portable currency, public sc
collaborative group, compost bins, important part, labor imbues, collective a
important part, making work, complex project, coordinating travel, social
potent atmosphere, community                                    local saint, chines
single mother, young woma                                    al information, ambit
temporary network, exchange                                  community, experimental s
media center, main objec                               timal scale,
contemporary technology, c                                    investigations, alternativ
current topics, language le                                   y, news center,
mail services, busy interse                                   vision producer, xerox
new formats, multicultural                                    lasting significance,
native American, comic b                                      stallation, hollow spac
noticeable o●dor, lingering                                   en space, potential f
universal energy, potential c                                 powerful life, focal
real time, living trees, local point, silent beings, countless births, six-wee
playback loop, twelve inches, new growth, sacred place, sound installation,
lengthy videotape, redwood trees, collective unconscious, contemporary terms,
ceremonial movements, contemplative scrutiny, symbolic action, childbirth pro
immaterial objects, irrigated tubs, pungent earth, central atrium, religious ine
ambiguous incantations, forest sounds, mons veneris, genius loci, chinese song
certain angles, tree branches, color videotapes, immolation scene, suffering face
great classes, creative force, visual catalyst, enacting childbirth, sculptual mater
subjective experiences, deliberate relinquishing, literal essays, actual labor, nor
relative term, human intellect, human participants, versus ground, continuous
covert operations, reverent attention, previous work, landscape art,
cultural perspective, eternal destroyer, small earthquake, small sculpture, natural na
peaceful states, profound understanding, given environments, proportional water,
indoor pool, curved neon, periodic waves, musical streams, chinese restaurant,
intermittent fountains, meditative atmosphere, womb-like chamber,
careful placement, various illuminations, nature's energy, bad business, feng sh

# 아무것도 모르면서

아무것도 모르면서
내 나이
사십에 한반도를
오십에 지구를
그리고
육십에 별들을
바라보자고
스스로에게 약속했었다
이제
내 나이
육십 바로 아래
나 하나 보지 못한 채
발밑만
바라보고 있다
아무것도 모르면서

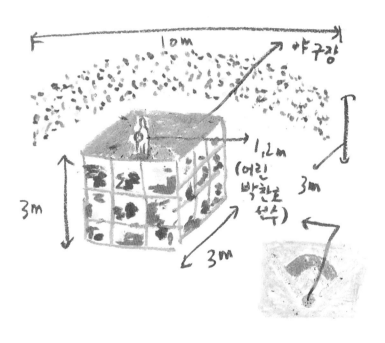

10m

야구장

3m

1,2m
(어린
박현노
선수)

3m

3m

3m

IK-JOONG KANG 2018

# 내가 보기엔

달이 인류 최초의 텔레비전이라면,
내가 보기엔 별은 인류 최초의 시네마다

매일매일 여기저기에서 전쟁이 그치지 않지만,
내가 보기엔 나라끼리 이름을 바꾸면 싸울 일이 없다

사람은 지내면서 인상이 바뀐다고 하지만,
내가 보기엔 사람의 첫인상이 곧 끝인상이다

결혼의 목적이 각자 다르겠지만,
내가 보기엔 결혼의 목적은 완주에 있다

홍어와 삶은 돼지고기, 묵은지 이 세 가지가 삼합이라면,
내가 보기엔 현미밥에 참기름과 된장, 상추쌈이 사합이다

깨달음의 도착점이 행복에 있다고 하지만,
내가 보기엔 깨달음의 도착점은 만족에 있다

# 지금 행복해지려면 1

눈을 감는다
걱정과 근심을 내려놓는다
모두 버린다
아무것도 없는 지금에 만족한다

그리고
하하 웃는다

TORRONTÉS

2014    SECTOR A - Cuartel 82
        Sup. Neto 6.475

# 지금 행복해지려면 2

숨을 들이쉰다
숨을 내쉰다
숨을 들이쉰다
숨을 내쉰다
세 번 더 반복한다

그리고
하하 웃는다

# 지금 행복해지려면 3

집을 나선다
무작정 걷는다
푸른 하늘 나무 새 바람 돌멩이에
친구 하자 말한다

그리고
하하 웃는다

# 지금 행복해지려면 4

얼음물에 발을 담근다
뒷사람을 위해 문을 잡아 준다
엘리베이터에서 이웃에게 인사한다
팥빙수를 친구와 나눠 먹는다
모르는 동네를 가는 버스를 타본다

그리고
하하 웃는다

# 지금 행복해지려면 5

맨발로 흙길을 걷는다
손바닥이 아플 때까지 손뼉을 친다
눈을 감고 빗소리를 듣는다
부추와 돼지고기 비율 2대1로 만두를 빚는다
흰밥과 뉴스를 멀리한다


그리고
하하 웃는다

# 지금 행복해지려면 6

바람 부는 강가로 간다
완벽한 세상은 없다고 말한다
숨을 천천히 쉰다
어릴 적 동요를 듣는다
매운 라면을 먹는다

그리고
하하 웃는다

# 지금 행복해지려면 7

작은 것에 감사한다
거울 속의 나와 화해한다
화분에 물을 준다
초등학교 앨범을 꺼내 본다
달을 보고 소원을 빈다


그리고
하하 웃는다

# 지금 행복해지려면 8

쓰레기통을 비운다
김칫국물에 국수를 만다
밀린 설거지를 한다
운동화를 빤다
내 것은 원래 없다고 말한다

그리고
하하 웃는다

# 지금 행복해지려면 9

화분에 깻잎을 심는다
떡볶이에 순대를 찍어 먹는다
찬 수건으로 목 뒤를 감싼다
아침에 10분만 더 잔다
양푼 비빔밥을 나누어 먹는다

그리고
하하 웃는다

내가 아는것 (외부

7m

어린아줌 (내부)

3
3
>0.5, 0.5
2.4
0.5"

>0.5

길이는 2.8

# 지금 행복해지려면 10

높이 나는 새를 바라본다
부추를 넣고 닭볶음탕을 만든다
어릴 적 친구에게 편지를 쓴다
지하철에서 제일 먼저 자리를 양보한다
해질 무렵 강가를 따라 걷는다


그리고
하하 웃는다

# 지금 행복해지려면 11

하늘하고 얘기한다
너무 많은 것은 아예 없는 것이라 말한다
하루를 마치고 몸에 감사한다
산에 가서 야호 하고 외친다
자기 전 뭐든지 상상한다


그리고
하하 웃는다

# 지금 행복해지려면 12

일찍 자고 일찍 일어난다
하나 남은 우산을 친구에게 준다
작은 텃밭을 가꾼다
안경을 비눗물로 닦는다
구운 삼겹살을 깻잎에 싸 먹는다

그리고
하하 웃는다

# 지금 행복해지려면 13

강을 따라 걷는다
냉면 국물에 밥을 말아 먹는다
산에서 야호 하고 외친다
하루를 마치고 수고한 몸에 감사한다
버스에서 큰 가방을 멘 학생에게 자리를 양보한다

그리고
하하 웃는다

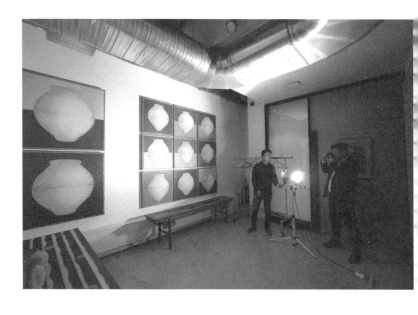

# 지금 행복해지려면 14

저녁을 조금 먹는다
짜장면에 식초를 뿌려 먹는다
한번 읽기 시작한 책은 끝까지 읽는다
지하철카드를 한 달치 충전한다
빈 병으로 발바닥을 두드린다

그리고
하하 웃는다

# 세상이 나를 외면할 때

내가
정직한가
마음 편한가
남에게 손 벌리지 않는가
당당한가
부지런한가
유머를 잃지 않았는가
숨 쉬고 있는가
그러면 됐다
세상이고 뭐고
필요 없다
됐다

# 청주

전주에
비빔밥이 있다면
청주엔
짜글이찌개가 있다
울릉도에
호박엿이 있다면
청주엔
파절이가 있다
춘천에
닭갈비가 있다면
청주엔
삼겹살이 있다
서울에
남산이 있다면
청주엔
우암산이 있다
뉴욕에
내가 사는 집이 있다면
청주엔
내가 태어난 집이 있다
오늘 아침이었다

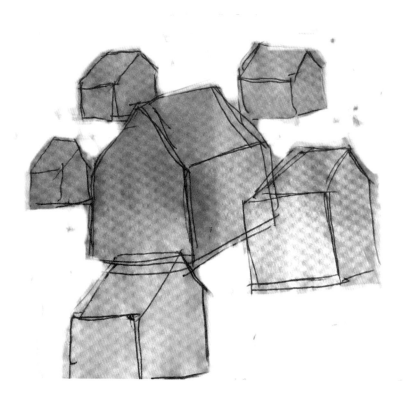

# 둘째이모

방학이 시작하는 날
둘째이모가 사는 청주에 갔다
맨 먼저 울 어머니 안부를 물으셨다
그날 저녁 프라이팬에 통닭을 구워주셨다
아침 일찍 일어나면 더 자라고 하셨다
쉬지 않고 일하셨다
집에 가는 날 터미널까지 바래다 주셨다
짐칸에 보따리를 밀어 넣으셨다
내 손에 용돈을 쥐여 주셨다
눈물을 닦아 주셨다
안 보일 때까지 서 계셨다

# 사람이 제일 아름다울 때는

사람이 제일 아름다울 때는
아이처럼 웃을 때다

사람이 제일 아름다울 때는
작은 일에도 감사할 때다

사람이 제일 아름다울 때는
아무 음식이나 맛있게 먹을 때다

사람이 제일 아름다울 때는
뒷사람을 위해 문을 잡아 줄 때다

사람이 제일 아름다울 때는
고향 가는 기차를 기다릴 때다

# 누구나 무언가를 기다린다

봄은 여름을 기다리고
긴 밤은 새벽을 기다린다
여름은 가을을 기다리고
김매는 농부는 단비를 기다린다
가을은 겨울을 기다리고
봇짐 든 할머니는 시골버스를 기다린다
겨울은 봄을 기다리고
나는 어머니의 씀바귀김치를 기다렸다

푸른하늘 은하수 하얀쪽배에
계수나무 한나 무 토끼 한마리
돛대도 아니달고 삿대도 없이
가기도 잘도 간다 서쪽나라로
은하수를 건너서 구름나라로
구름나라 지나선 어디로 가나
멀리서 반짝 반짝 비치이는건
새별이 등대란다 길을 찾아라

# 큰이모

오늘 처음
수유리 큰이모
시를 쓴다

사촌 형이
큰이모 속을 썩여
울 어머니와 우시던

어릴 때
큰이모 나 왔어 하면
꼬옥 껴안아 주시던

몇 해 전엔
아이로 돌아가서
그저 빙그레 웃으시던

하늘에서 울 어머니 보셨을까
내 얘기하셨을까
같이 우셨을까

# 복잡한 팔지선다형

앞으로
어떻게 살 것인가?

1) 착하게 살겠다
2) 부지런하게 살겠다
3) 생각 없이 살겠다
4) 놀면서 살겠다
5) 숨어서 살겠다
6) 공부하며 살겠다
7) 아이처럼 살겠다
8) 원 없이 먹으며 살겠다

배고플 때 8번
보통 1번 2번 3번 4번 5번 7번
어쩌다 6번

# 목적

꿈을 꾸는 목적은
꿈만 꾸지 않기 위해서다

연습을 하는 목적은
연습만 하지 않기 위해서다

생각을 하는 목적은
생각만 하지 않기 위해서다

일을 하는 목적은
일만 하지 않기 위해서다

# 아무 일도 일어나지 않은 날

아무 일도 일어나지 않은 날
행복한 날이다

아무 일도 일어나지 않은 날
괜찮은 날이다

아무 일도 일어나지 않은 날
운이 좋은 날이다

아무 일도 일어나지 않은 날
감지덕지한 날이다

아무 일도 일어나지 않은 날
모두 안녕한 날이다

# 희망 사항

언젠가 자전거를
두 손 놓고 타고 싶다

하루에 한 번은
라면을 먹고 싶다

볕이 드는 창가에
채송화를 키우고 싶다

눈 내리는 날엔
광화문 가는 버스를 타고 싶다

착한 사람들이 모여 사는
시골 동네에 살고 싶다

# 기적

눈 쌓인 가지에 매달린
빨간 홍시 하나가 기적이다

사람과 짐을 잔뜩 싣고
하늘로 오르는 비행기가 기적이다

내 작은 발바닥에
오장육부가 이어져 있다는 게 기적이다

빙빙 지구가 도는데
어지럽지 않은 내가 기적이다

헤어젤 한 번 발랐는데
온종일 빳빳하게 선 머리가 기적이다

어제 라면을 먹었는데
오늘 또 당기는 게 기적이다

# 평상심

평상심은
마음의 파이프가
비었을 때 찾아온다

평상심은
마음의 안테나가
배꼽에 향했을 때 찾아온다

평상심은
마음의 한가운데에
귀 기울일 때 찾아온다

평상심은
마음의 좌우 날개 길이가
똑같을 때 찾아온다

평상심은
더는 빚진 게 없어서
갚을 이자가 없을 때 찾아온다

# 두려움

나보다 큰 나를 보여주려 할 때
두려워진다

솔직하지 못하다 느낄 때
두려워진다

욕심 때문에 초심을 잃을 때
두려워진다

노력 없이 결과만을 기다릴 때
두려워진다

라면 없이 여행을 떠날 때
조금 두려워진다

# 시작과 끝

길은
생각이
움직인 곳이
시작이고
멈춰선 곳이
끝이다

기쁨은
마음이
열린 곳이
시작이고
닫힌 곳이
끝이다

꿈은
호기심에
눈을 뜬 곳이
시작이고
눈을 감은 곳이
끝이다

# 결정

길을 걸을 때
넓은 길이냐 골목길이냐
나는 골목길

배고플 때
스파게티냐 짜장면이냐
나는 짜장면

급할 때
택시냐 지하철이냐
나는 지하철

빵집에서
크림빵이냐 단팥빵이냐
나는 단팥빵

아플 때
뉴욕 하늘이냐 고향 하늘이냐
나는 고향 하늘

# 8

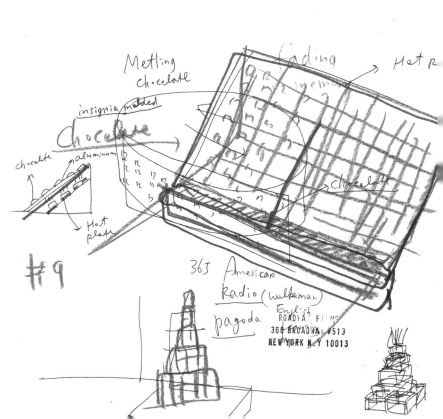

Metling chocolate

fading memor

Hot p

insignia molded

Chocolate

chocolate

aluminum

Hot plate

Chocolate

# 9

365 American
Radio (walkman)
English
pagoda

# 4대 6

내 몫은 4
자연의 몫은 6
내가 4를 하면
나머지 6이 채워진다
내가 4까지만 가면
바람이 후– 하고 6을 더 불어준다
내가 4 정도만 그리면
여백은 6으로 화면을 채운다
내가 4골을 넣고
하늘은 6골을 넣는다
내가 진다
순리가 이긴다
점수는 늘
4대 6

# 지도

누구나
가진
인생의 지도
누구는 자세한 지도
누구는 대충 그려진 지도
지도가 화려해도
아무리 새것이라도
내 위치를 모르면
말짱 꽝이다
내가 없으면
갈 수 없다
찾을 수 없다
볼 수 없다

# 걱정 말자

걱정 말자
스쳐가는 일이다

걱정 말자
생기지도 않은 일이다

걱정 말자
누가 죽고 사는 일도 아니다

걱정 말자
지나고 나면 다 없는 일이다

걱정 말자
놀아도 되는 날이다

# 만일 뉴욕에 오면

아침 일찍 일어나
브루클린브리지를 가 본다
관광객이 제일 없는 시간이다

혹시 코니아일랜드에 가게 되면
졸타 마법사를 찾는다
업그레이드된 포춘쿠키다

줄이 좀 길더라도
힐튼호텔 옆 할랄을 사 먹는다
길거리 음식의 문화재급이다

편한 신발로 갈아 신고
센트럴파크를 한 바퀴 돌아본다
그렇다고 갑자기 뛰면 무릎이 시리다

밤 케이블카를 타고
루스벨트아일랜드에 가 본다
맨해튼 빌딩 숲에 반짝이는 별이 뜬다

자정이 넘어 잠이 오지 않을 때
32가 K타운은 열려 있다
우리 집에서 지하철로 두 정거장이다

# 올해 마지막 날에

감사하고
감사하고
감사합니다

미안하고
미안하고
미안합니다

사랑하고
사랑하고
사랑합니다

豆腐

湯麵

4불 25전

# 차이나타운에 바람이 불면

차이나타운에
바람이 불면
새빨간 비닐봉지
풍선처럼 날아간다

차이나타운에
바람이 불면
중국집 밥 볶는 냄새
우리 집까지 찾아온다

차이나타운에
바람이 불면
공원에 걸어 둔 새장들
자꾸자꾸 흔들린다

차이나타운에
바람이 불면
아침에 빗은 내 머리
잘 있나 만져본다

# 급하게 쓴 시

급하게 먹은 떡처럼
조심스럽다

급하게 그린 그림처럼
조심스럽다

급하게 익힌 김치처럼
조심스럽다

급하게 먹은 나이처럼
조심스럽다

# 채우지 않는다

잔을 다 채우지 않는다
김치를 병에 꽉 채우지 않는다
세탁기에 빨래를 눌러 채우지 않는다
휘발유를 연료통에 가득 채우지 않는다
짐가방에 물건을 너무 채우지 않는다
화단에 예쁜 꽃만 채우지 않는다
마음에 걱정을 채우지 않는다
욕심을 채우지 않는다
생각을 채우지 않는다
나를 채우지 않는다

# 색

하늘은
하늘색

바다는
바다색

커피는
커피색

오렌지는
오렌지색

무지개는
무지개색

사람은
가지각색

# 식구食口

집에서
저녁을 먹는다
아들은
밥과 닭볶음을
아내는
밥과 김치찌개를
나는
남긴 음식 모두 다

집에서
아침을 먹는다
아들은
밥과 달걀부침을
아내는
밥과 콩나물국을
나는
남기고 간 음식 모두 다

# 비

잘 때 내리는 도둑비
견우와 직녀가 만날 때 내리는 사랑비
맞을수록 고개가 숙여지는 인생비
누구나 맞아야 하는 세월비
호랑이 장가갈 때 내리는 여우비
수고했다 내리는 단비
뛰어도 피할 수 없는 운명의 비
키가 엄청 큰 장대비
봄바람에 흩날리는 꽃비
며칠째 지겹게 내리는 궂은비
배고플 때 내리는 떡비
취해서 내리는 술비
내가 좋아하는 수제비

# 가는 사람

오는 사람 막지 말고
가는 사람 잡지 말라는데

오는 사람은 어찌 못해도
가는 사람은 꼭 잡고 싶다

울 어머니처럼
그렇게 보내고 싶지 않다

# 보인다 보이지 않는다

비우면
보인다

채우면
보이지 않는다

그릇의 밑바닥
내 마음 밑바닥

9/19

Ik Joong Kang 89

# 우리은 왜

우리는 왜 편을 가르는가
우리가 우리를 미워하기 때문이다

우리는 왜 싸우려 하는가
우리가 아직 죽지 않았기 때문이다

우리는 왜 남을 용서하지 못하는가
우리가 우리를 용서치 않았기 때문이다

우리는 왜 과거에 얽매이는가
우리가 꿈에서 깨어나지 못했기 때문이다

# 연탄집게

뜨거워도 잘 참고
무거운 것도 쓱쓱 드는
말랐지만 단단한 놈인데
요즘 어디 갔나

연탄재 죽도록 패서
빙판길에 펼쳐놓던
힘세고 부지런한 놈인데
요즘 안 보이네

길쭉하고 세련돼서
자코메티 조각가도 울고 갈
엄청나게 잘생긴 놈인데
요즘 궁금하네

# 변하는 건 없다

될 건 되고
안 될 건 안 된다
변하는 건 없다

올 건 오고
갈 건 간다
변하는 건 없다

한 번 살고
한 번 죽는다
변하는 건 없다

걱정을 해도
걱정을 안 해도
변하는 건 없다

# 좋은 친구

만나지 않아도
서로를 안다

말하지 않아도
서로를 믿는다

손 잡지 않아도
서로를 잡는다

떨어져 있어도
서로를 느낀다

# 인생은 연극이었다

맨 처음부터
인생은 연극이었다

해와 달과 별과 구름도
담장 사이에 핀 덩굴나무도

작은 것들에 목숨 거는
너와 나도

무대를 두고 떠나는 날
집으로 가는 날이다

# 캠핑카

캠핑카를 볼 때마다
이것저것 궁금하다
어디 어디를 다녔는지
라면 끓일 부엌은 있는지
몇 사람이나 탈 수 있는지
어제는 어디서 잤는지
언덕 오를 때 힘들지 않았는지
주인은 좋은 사람인지
워싱턴까지 가는지
혹시 운전할 사람이 필요한지
내가 운전할 수 있는데
거기 아들이 사는데

# 내가 좋아하는 말

나는 '맑다'라는 말이 좋다
나는 '건강하다'라는 말이 좋다
나는 '너그럽다'라는 말이 좋다
나는 '입이 무겁다'라는 말이 좋다
나는 '따뜻하다'라는 말이 좋다
나는 '무엇이나 잘 먹는다'라는 말이 좋다
나는 '편하다'라는 말이 좋다
나는 '소박하다'라는 말이 좋다
나는 '속이 깊다'라는 말이 좋다
나는 '고맙습니다'라는 말이 좋다
나는 '괜찮아 걱정마'라는 말이 좋다
나는 '사랑해'라는 말이 좋다

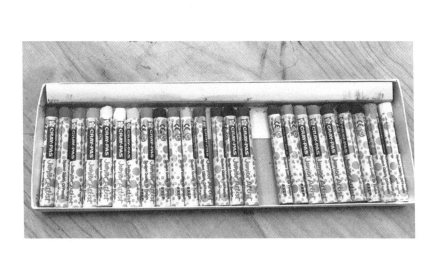

# 작게

일을 끝마치지 못하는 이유는
작게 시작하지 않아서이다

그곳에 가지 못하는 이유는
작은 첫걸음을 내딛지 않았기 때문이다

꽃을 피우지 못하는 이유는
작은 꽃씨를 심지 않았기 때문이다

내가 나를 만나지 못하는 이유는
작은 나를 내가 싫어하기 때문이다

# 조심

따르는 산에
물이 넘치지
않도록

마음의 그릇에
욕심이 넘치지
않도록

생각의 마당에
내가 넘치지
않도록

# 이루어진다

마음에 그리면 이루어지고
종이에 그리면 이루어진다
칭찬하면 이루어지고
웃으면 이루어진다
초심을 지키면 이루어지고
부지런하면 이루어진다
마음에 담긴 물이 잔잔하면 이루어지고
그 물에 내가 보이면 이루어진다

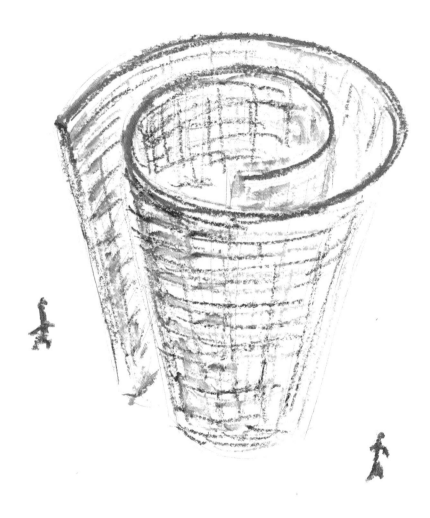

IK - Joong Kang
2013

# 따뜻한 물 두 잔

가까운 분이
매일 아침
따뜻한 물 두 잔을
꼭 마시라는
고마운 문자를 보냈다
건강이 많이 좋아졌다고
울 아버지처럼 당뇨가 심했는데

난 그것도 모르고
매일 아침
찬물을 막 들이켰는데
오늘부터
따뜻한 물 두 잔으로 바꿔탄다
친구들아
나랑 같이 타자

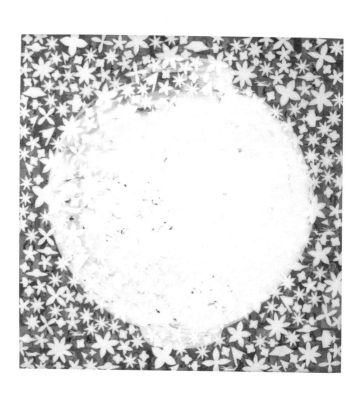

# 백수百壽 박연옥 할머니

어린 딸을 업고
남으로 내려오다
총탄이 다리에 박힐 때
고향 어머니를 생각하셨다

부산 피난살이에서
동대문시장 좌판에서
흙 묻은 채소를 다듬을 때
고향 들판을 생각하셨다

파라과이 농장에서
아르헨티나 세탁소에서
허리가 휘도록 일할 때
고향 언덕을 생각하셨다

태어난 함흥에서
지금 사는 뉴욕까지
100년 동안 쉬지 않고
고향 하늘을 생각하셨다

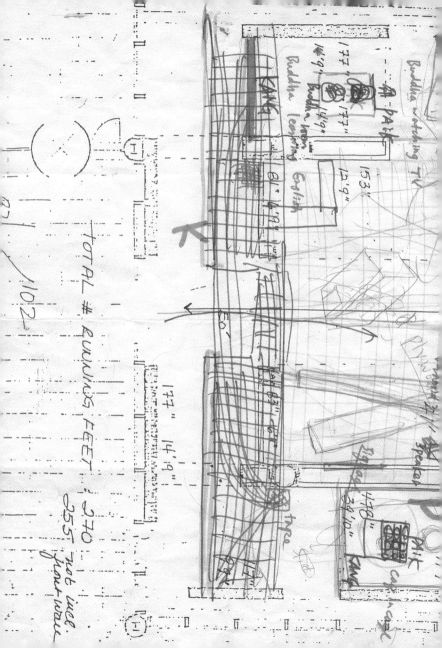

Buddha watching TV

A - Park

177"

177" 14'9"

14'9" Buddha-?
Buddha leaning English

153"

12'9"

81" 6'9"

KANG

50'

?83" 6'?

177"

14'9"

83"

TOTAL # RUNNING FEET 270
255 not used
front wall

B Plywood 24" Speaker

448"
39'10" KANG

MIK Cabinet?

type

.102

Whitney Museum: 1994

Nam June Paik + IK-Joong KANG

Fairfield County Branch

177"  14'9"    Floor

177"  14'9"

117"  9'9"   drawing

48"  130"  172"  14'4"

94"

38"

8'3.6"

177"
14'9"
American Flag
KANG

177"
14'9"

wood cut

112"
9'4"

speaker
187'8"

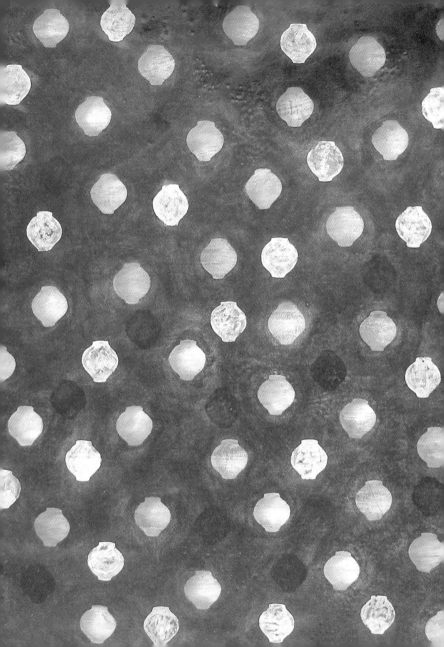

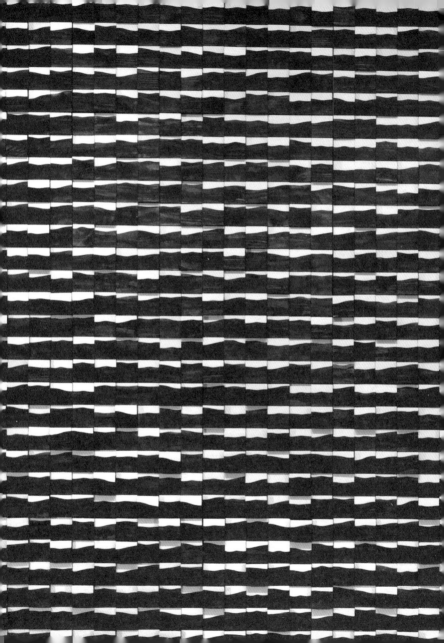

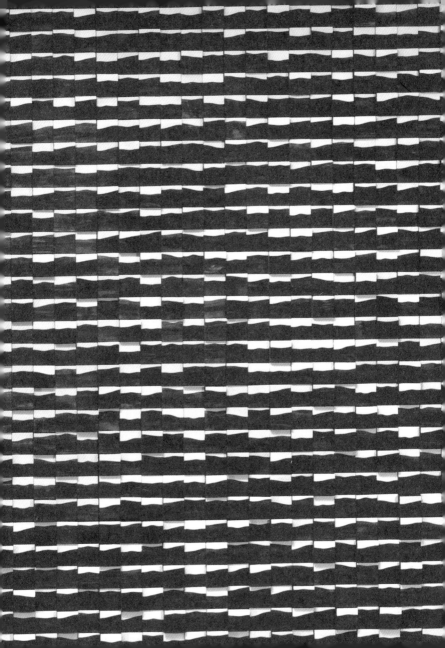

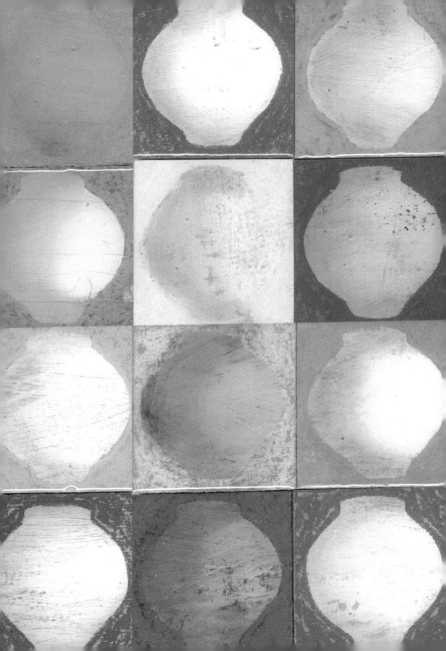

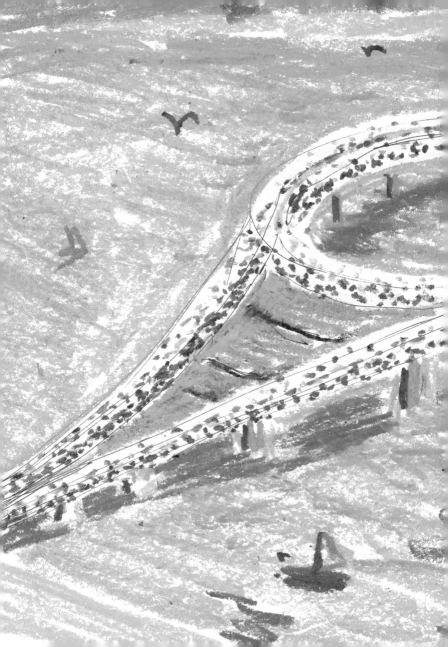

IK-JOONG KANG 2018

# 작품 목록

180
Buddha Learning English, 2000, 3,000
English Vocabulary on Canvas with Voice
of Artist Reciting Vocabulary, 7.6 x 7.6cm
each, Chocolate Covered Buddha, 108 x
40 x 40cm, Collection of Museum Ludwig,
Germany

184
꿈의 집, 2018, 11 x 5.7 x 7.25m, 1만 5천명의
어린이 그림과 820개 강익중 작가 그림, 충북
교육청, 청주, 한국 (사진 이병규)

186.188.192
Ik-Joong Kang studio, 2018, New York

212
Mixed in the Wind and Connected by
Land, Art in Factory, 2010,
STX Corporation, Commissioned by
Gyeonggido Museum of Modern Art,
Ansan, Korea

218
Buddha with Lucky Objects, 2004,
Speed Museum, Louisville, KY

240
Mountain and Wind, 2010, 8,000 Works on
Wood, 7.6 x 7.6cm each, 380 x 1140cm,
National Gallery, Prague, Czech Republic

244
Samramansang 1, 2011-2013, 45 x 45 in

246-247
Study for Multiple Dialogue, 1994,
Nam June Paik and Ik-Joong Kang,
Whitney Museum of American Art at
Champion, Stamford, CT

248-249
Buddha with Lucky Objects, 2004,
Speed Museum, Louisville, KY

250-251
Moon of Dream, Public/Outdoor Project,
2007, Tae Hwa River, Ulsan, Korea

252-253
Scattered Moon Jars (Detail), 2006,
Mixed Media on Wood, 120 x 240cm

254-255
Happy World, 2004, Mixed Media on Wood,
Metal and Ceramic, Public Project with
Princeton Community, Princeton Public
Library, NJ

256-257
Mountain and Wind, 2010, Mixed Media
on Wood, 7.6 x 7.6cm each, 380 x 1140cm,
National Gallery, Prague, Czech Republic

258-259
Small Moon Jars, 2006, Mixed Media on
Wood, 7.6 x 7.6cm each

260-261
Things I Know, 2012, Mixed Media on
Paper, 7.6 x 7.6cm each

262-263
Wall of Hope, 2008, Collaboration with
50,000 Children, Gyeonggido Museum of
Modern Art, Ansan, Korea (사진 이병규)

264-265
Happy World, 1998, 15 x 15cm each, 2,000
Hand Made Ceramic Tiles, MTA Flushing
Main St. Station, New York (사진 이병규)

266-267
꿈의 집, 2018, 11 x 5.7 x 7.25m, 1만 5천명의
어린이 그림과 820개 강익중 작가 그림, 충북
교육청, 청주, 한국 (사진 이병규)

268-269
Study for Bridge of Dreams on Han River,
2018, Seoul, Korea

superman
stories!

krypton.te
boomerang          2007     Keeho Kang